Amusettes

RIMÉES

PAR

ARTHUR DUBOIS

Hommage de l'auteur

Amusettes

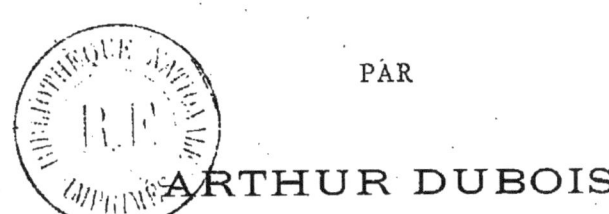

RIMÉES

PAR

ARTHUR DUBOIS

BEAUNE

IMPRIMERIE A. BATAULT

1891

à Louis Boistot

Mon fidèle compagnon d'enfance

Un demi-siècle presque entier
A coulé — non sans anicroches —
Depuis que tu bourrais mes poches
Des fruits verts d'un abricotier.

Sur les rudes bancs de l'Ecole
Côte à côte nous épelions.
En blouse, en sabots, nous allions,
La tête nue, et l'humeur folle.

Plus élégants sont aujourd'hui
Nos Ecoliers, mais pas plus sages.
Et plus qu'autrefois les visages
Reflétent le précoce ennui.

Nous sommes donc de l'ancien monde ? ..
Ami, ne nous en vantons pas,
Et rions ensemble tout bas,
Pendant qu'autour de nous on gronde.

ARTHUR DUBOIS.

Beaune, le 1er Mai 1891.

I

Petite enquête

Au bal, un danseur triomphant
Y va de sa petite enquête.
— « Voyons ! » dit-il à sa conquête,
« Que faites-vous, ma belle enfant ? »

— « Je suis... » — « Dites, je vous en prie ! »
— « Blan... Blanchisseuse. » — « Je vous crois ;
« Car vous avez bien, ma chérie,
« Le vrai physique de l'*empois*. »

II

Préférence

Le possesseur d'une créance
Rencontre enfin son débiteur.
Aussitôt le solliciteur
Veut profiter de cette chance.

Son homme en poche n'a plus rien.
— « Je vais vous payer, je l'espère,
« Un jour ou l'autre. » — « Je préfère
« L'un à l'autre, entendez-le bien. »

III

Coups dangereux

Un Normand, pendant un marché,
Jusqu'à lui troubler la mémoire
A son client versait à boire.
Un ami s'étant approché :

— « Pourquoi tant de coups à la file
« Lui verser ? » — Le Normand répond :
— « C'est bien simple : quand il est rond,
« A rouler il devient facile. »

IV

Carte de visite

Pierre, qui de rien ne s'effraie,
Monte chez Paul : il est dehors.
Le visiteur écrit alors
Les trois lettres d'ANE à la craie.

Arrivant au Cercle, le soir,
De grands compliments on se donne.
— « Sans avoir rencontré personne,
« Chez vous je suis allé vous voir..

« C'est mon sentiment, de la sorte,
« Que pour vous, mon cher, j'ai prouvé. »
— « Je le savais, car j'ai trouvé
« Votre nom collé sur ma porte. »

V

Question d'Histoire

Un Candidat très chevelu,
Bien vêtu, de belle prestance,
Va de notre Histoire de France
Dire au tableau ce qu'il a lu.

— « Quel fut du roi Charles-le-Chauve
« Le souci le plus douloureux ? »
— « Mais…. la perte de ses cheveux ! »
Fait le gandin, que la foi sauve.

VI

Il est tendre

Le gros patron d'un restaurant
Sermonne un garçon trop novice :
« Un couteau dans chaque service
« Doit couper toujours en courant.

« Aiguisez-le bien sans attendre ;
« Car, aux yeux d'un client nouveau,
« Plus nettement tranche un couteau,
« Et plus son bifteck paraît tendre. »

VII

Les trois couleurs

Un Dominicain, à Bordeaux,
Sortant de l'église un peu tard,
Croise en route un Gascon pochard.
— « Ohé ! Le père des corbeaux ! »

— «. Vous vous trompez : ma robe est *blanche;*
« Du corbeau le plumage est *noir ;*
« Et vous (c'est trop facile à voir),
« Etes bien *gris,* pour un dimanche ! »

VIII

Quelle perte !

Avec cinq francs un monsieur paie
A la marchande son journal.
— « Demain !... Je n'ai pas de monnaie.»
— « Mais si la nuit, rentrant du bal,

« D'un guet-apens je suis victime ? »
— « Mon bon monsieur rassurez-vous !
« La perte serait fort minime ! » —
Elle songeait à ses trois sous.

IX

Personne d'indispensable

Au fond de la Calédonie
Arrive un fragment de journal.
C'est toujours le récit banal
De la forfaiture impunie.

— « On se massacre encor là-bas ! »
S'écrie un des récidivistes.
« Et, pourtant, sur ces longues listes
« Nous autres ne figurons pas. »

— « C'est » dit un second misérable,
« Que dans la pauvre humanité
« Jamais un homme, en vérité,
« Ne saurait être indispensable ! »

X

Serviette propre

S'arrêter en route est dommage.
Mais, par l'orage morfondu,
Dans une auberge est descendu
Un épais marchand de fromage.

— « Ah ! » murmure le voyageur,
Se lavant (car c'est un dimanche).

« La serviette n'est pas très blanche ! »
L'hôtesse prend un air rageur.

— « Comment ! » clame l'aigre personne
« Vous vous plaignez ! C'est énervant !
« Six voyageurs auparavant
« L'ont eue et trouvée assez bonne ! »

XI

De ta suite, j'en suis

Basile suivait un chemin ;
Son élève suivait le maître,
Qui, fort lettré voulant paraître,
Harcelait ce pauvre gamin.

— « En vérité ! Que Dieu me damne ! »
S'écriait le maigre pédant.
« Pour lui je fais tout ; cependant
« Mon disciple n'est rien qu'un âne.

« Sauriez-vous, écolier mutin,
« Au moins traduire », dit Basile,
« Je suis un âne. » — « C'est facile :
« *Sequor asinum*, en latin ! »

XII

Sobriété

Un gros richard s'était fait faire
Une cave sous sa maison,
Bien garnie en toute saison.
Il ne buvait que de l'eau claire.

— « Le bon vin rend l'homme goutteux.
« Le plaisir n'est pas dans l'ivresse. »
Et tapotant avec tendresse
Sur ses tonneaux·les plus coûteux,

Le bonhomme, prétend l'Histoire,
Soupirait et disait gaiment :
— « Bien digne d'envie est vraiment
« L'heureux mortel qui peut vous boire ! »

XIII

Chacun son compte

Un vieil avare avait perdu
A la Bourse une grosse somme.
Fou de désespoir, le bonhomme
Dans son grenier s'était pendu.

Survient un valet. Sur la corde
Posant le tranchant d'un couteau,

Il frappe à grands coups de marteau.
Ce fût un sujet de discorde.

— « Corde neuve ! Aussi deviez-vous
« Non la couper, mais la défaire ! »
Le dépendu sur le salaire
De son valet rogne vingt sous.

XIV

Vieux menteur

Farouche ennemi du pékin,
Un zouave à grise moustache,
Fameux gascon, brave sans tache,
Guerroyait au fond du Tonkin.

La gloire était là-bas certaine.
Vient une balle : il est mourant.
D'autres l'emportent en pleurant.
— « Est-il mort ? » dit le capitaine.

— « Hélas ! » répond l'un des zouzous,
« Il est bien mort ! Çà nous embête. »
Le moribond lève la tête :
— « Sacrebleu ! Que racontez-vous ?

« De mourir je n'ai pas envie ! »
« — Ah ! capitaine ! » fait tout bas
Un ancien. « Ne l'écoutez pas :
« Il a menti toute sa vie. »

XV

Les mystères du chocolat

Grosbec est large, mais petit.
Pour les natures fortunées
Qu'importe le nombres d'années !
Bon estomac, grand appétit.

Péché mignon, la gourmandise !
Pour chaque âge elle a ses douceurs.
Mais, parfois, de méchants farceurs
Vendent cher une friandise.

Dans les chambres, de bon matin,
Grosbec rôdait, cherchant fortune.
Rien d'abord. Mais enfin dans l'une,
Chez Gustave, il fait son butin.

Gustave aime prendre ses aises ;
Il a chez lui tout ce qu'il faut :
Confitures, café, réchaud,
De quoi chasser bien des malaises.

Des pastilles de chocolat
D'étrange saveur imprégnées
Sur la table sont alignées :
Grosbec s'en bourre... Ah ! quel sabbat !

Voile ta face, ô Poésie !
Le chocolat semblait salé,
Car le sucre en était mêlé
Au *Citrate de Magnésie ! !...*

XVI

Tôt ?... Tard ?...

Un brave homme avait deux garçons :
L'un se livrait à la paresse ;
Mais l'autre, malgré sa jeunesse,
Ne se plaisait qu'à ses leçons.

Par une matinale course
Commençait toujours le gamin
Sa journée ; et sur le chemin
Voilà qu'il ramasse une bourse.

— « Tiens ! » dit le père avec humeur,
« A se lever vois ce qu'on gagne. »
— « A courir si tôt la campagne
« *On* a perdu ! » fait le dormeur.

XVII

Un Salomon

Un train sur un rocher s'abîme.
Mais par une faveur du sort,
Une jambe coupée, un mort,
C'est tout. Pas une autre victime.

Pourtant, devant les tribunaux
La Compagnie, hélas ! traînée,

A payer se voit condamnée :
Joli sujet pour les journaux !

Cinq mille francs obtient la veuve,
Après avoir bien discuté ;
Quinze mille obtient l'amputé,
Pour une jambe de bois neuve.

La femme pousse les hauts cris :
— « Plus pour la jambe que pour l'homme ! »
— « Oui-da ! Mais avec votre somme
« Vous choisirez dans les maris.

« Tandis que tout l'or de l'empire
« Ne saurait rendre à l'amputé
« Son pauvre membre charcuté. »
Répond le Président sans rire.

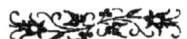

XVIII

Un gros lot

Misérable était la pratique
D'un épicier des anciens jours.
Aux Saints il demandait secours
Pour achalander sa boutique.

La ville avait plus d'un journal.
Dans chacun d'eux, enfin, le drôle
Fait publier à tour de rôle
Cet avis très original :

— « Dès aujourd'hui, Messieurs, j'expose
« Un sac de café non moulu.

« A quiconque aura bien voulu,
« Sans toucher, dénombrer la chose,

« Je donne en prime une maison
« De cinq mille francs, chaque année. »
Au marchand la ville étonnée
Fournit clientèle à foison.

Le compteur, dont l'exactitude
Fut la plus grande, eut la maison.
Mais d'acheter là sans raison
La foule avait pris l'habitude.

XIX

Vivant ?... Mort ?...

Le Saint du gros bourg de Grandlierre,
Au Paradis très écouté,
Des mauvais plaisants redouté,
Est taillé dans la dure pierre.

Mais le Maire veut un tableau
Pour orner la maison commune.
Du Saint l'image est opportune :
Aux prés il donnerait de l'eau.

C'est déjà beau de vouloir plaire ;
Mais l'argent, c'est le principal.
Bast ! Le Conseil municipal
Vote les fonds : bonne est l'affaire.

Deux Conseillers tirés au sort
S'en vont commander la peinture.
— « Le voulez-vous d'après nature,
« Votre Saint, vivant ou bien mort ? »

— « D'abord, faites-le nous en vie. »
Répondent-ils, non sans effort.
« On le tuera pour l'avoir mort,
« Si la Commune en a l'envie. »

XX

Remords vengeurs

Le café, c'est pénible à moudre ;
Le sucre, c'est rude à casser :
Jeanneton ne peut se passer
De ces deux aliments en poudre.

Le marchand (c'est assez banal !)
Livre, un jour, par amour du lucre,
De la farine avec le sucre.
Jeanneton court vite au journal.

De la Rédaction le Maître
Rendra service à Jeanneton.
Aussi, le lendemain, lit-on
Cet avis qu'il a fait paraître :

— « L'épicier qui vend au public
« Du sucre à la saveur étrange
« Doit m'en livrer pur de mélange
« Le même poids, ou (c'est *le hic !*)

« Demain, ici même, on le daube,
« En mettant son nom tout entier. »
Tous les épiciers du quartier
Au journal sonnaient avant l'aube.

XXI

Fin limier

Une fortune du Pérou,
Vacante, revient toute entière
A certaine jeune héritière,
Cachée, on ne sait en quel trou.

Faire du bruit, c'est inutile ;
Il faut la trouver en secret.
L'on choisit un agent discret,
Limier noté pour être habile.

Un mois plus tard, l'air triomphant,
L'Agent revient à la Police;
Et dit à son chef de service :
— « J'ai retrouvé la chère enfant.

« Mais pour vivre il faut qu'elle couse
« Tout le jour, en toute saison. »
— « Où donc est-elle ? » — « A la maison!
« Depuis hier, c'est mon épouse ! ! »

XXII

Être et Suivre

« Je pense, Messieurs, donc je suis. »
Ainsi raisonnait un vieux sage.
De l'argument John fit usage,
Pendant la classe, un jour d'ennuis.

C'était au cours d'arithmétique :
John, à demi fermant les yeux,
Laissait envoler vers les cieux
Un rêve léger, poétique.

— « Au lieu de suivre, rêvasser ! »
Dit le Maître. « John me désole.
« A quoi bon venir à l'école,
« Pour perdre son temps à penser ! »

Réveillé par cette apostrophe,
John ouvre de grands yeux ; et puis :
— « Je pense, Monsieur, donc je suis ! »
Répond l'apprenti philosophe.

XXIII

Chair défendue

Pour se donner l'air d'un malin,
Pendant une visite en France,
Chez un Baron de la finance,
Bavarde un gros Juif de Berlin.

Une fillette qu'il assomme
Laisse échapper un bâillement.
— « Vous voudriez apparemment
« M'avaler ? » grimace notre homme.

— « D'aucun aliment défendu,
« Etant fidèle Israélite,
« Je ne mange, quoiqu'on m'invite. »
Dit-elle au Teuton confondu.

XXIV

La Vérité

Visitant les tableaux du Louvre,
Deux vieux époux sont fort surpris
De voir un si beau coloris
Sur tous les seins qu'on y découvre.

— « Singulière divinité,
« Qui d'un puits surgit toute nue !
« De cette façon biscornue
« Pourquoi peindre *La Vérité ?* »

Dit l'homme, la mine effarée.
— « Cela s'explique sans latin. »
Répond gravement un rapin.
« C'est qu'*Elle* est souvent altérée ! »

XXV

Sa voiture

Une belle, au puissant corsage,
Dont le père est déménageur,
Circule, d'un air tapageur,
Avec un aimable entourage.

— « Je me promène à pied ; pourtant,»
Dit la splendide créature,
« Mon père a toujours sa voiture.»
— « *A bras !* » murmure un assistant.

XXVI

Elle gronde !

Bébé, sur la plage normande,
En famille étant promené,
Paraît triste plus qu'étonné.
Pour l'éveiller, on le gourmande.

— « La *mer* n'a donc pas tes amours ?
« C'est pourtant la grande merveille ! »
— « Je ne voudrais pas la pareille. »
Dit-il. « Elle gronde toujours ! »

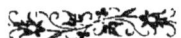

XXVII

Livre d'étrennes

Au Jour de l'An, suivant l'usage,
Grand-Père a le plus grand désir
De procurer quelque plaisir
A Jean, qui s'est montré bien sage.

— « Quels livres faut-il acheter ?
« Tu sauras bien choisir, j'espère. »
— « Des livres de bonbons, Grand-Père ! »
Riposte Jean, sans hésiter.

XXVIII

L'anse du panier

La Baronne de Jourafui,
Au temps de sa fleur printanière,
Débutait comme cuisinière....
Elle a sa campagne aujourd'hui.

Chez Mascarille on parle d'elle.
— « Ah ! Mon Cher, on m'a fait l'honneur
« De m'inviter. C'est un bonheur :
« La vie est là-bas douce et belle.

« Je m'y trouvais l'été dernier.
« Les soirs de clair de Lune on danse
« Sur le rivage, au fond d'une anse ! »
— « Eh ! Parbleu ! L'anse du panier ! ! »

XXIX

Bon poids

Grâce au zèle de la Police,
Le trompeur est fort empêché.
Qu'on pèse le beurre au marché,
Le compte n'est jamais factice :

C'est juste une livre toujours.
Un client perspicace eut même,
Un samedi, la chance extrême
D'emporter plus que son débours.

C'est qu'il avait vu la marchande,
Tremblante, à l'aspect d'un agent,
Cacher une pièce d'argent....
Où cela?... Qu'on se le demande!....

— « Cette livre, je vous la prends! »
Dit-il. — Mais, d'un air de mystère :
« Non pas! » lui répond la commère.
« C'est plutôt l'autre que je vends. »

— « Ah bah! C'est vraiment fort dommage!
« Je veux justement celle-ci. »
— « Monsieur, je vous dis grand merci!
« A la laisser je vous engage.

« Prenez l'autre! » — « Moi? Ma foi, non! »
— « Mais si! » — « Mais non! C'est cette livre,
« Que j'entends que l'on me délivre. »
— « Je vous demande bien pardon. » —

Le sévère agent de police
De regarder ne cessant pas,
La pauvre femme dut, hélas!
Se résigner au sacrifice.

Le client tenace eut la motte :
Le poids total s'y trouvait bien.
Il paya sans réclamer rien.
La vendeuse demeura sotte.

Car (mais ce n'est dit qu'entre nous),
Du poids pour avoir la justesse,
En pleine motte, avec prestesse,
Elle avait enfilé cent sous.

XXX

Il faut du cuir

Chez un cordonnier le fourneau
Ronfle au milieu de la boutique.
— « On *cuit* chez vous ! » dit la pratique.
« Dès qu'on entre, on se fond en eau.

« Voulez-vous donc assez produire
« De vapeur pour en prendre un bain ? »
— « Non pas ! Mais, c'est un fait certain,
« Je ne puis travailler sans *cuire !* ».

XXXI

Règle appliquée

En classe de langue française
S'embrouillent des *ne*, des *ne pas* ;
Et, pour se tirer d'embarras,
John se trouve mal à son aise.

— « Eh bien ! double négation »,
A ce malheureux philologue
Explique enfin le pédagogue,
« Vaut juste une affirmation. »

Le lendemain, jour de vacance,
Le temps est doux, le soleil clair :
De la ville on veut prendre l'air ;
John le demande avec instance.

— « Vos devoirs sont-ils à leur fin ? »
— « Non ! » — « Retournez à votre place. »
— « Mais, Monsieur... » — « Ah ! C'est trop d'audace !
« Non ! Non !! Comprenez-vous enfin ? »

John alors va prendre sa canne,
Son lorgnon, ses gants, son chapeau.
Sur le boulevard le plus beau,
Une heure après, il se pavane.

Le soir, à l'appel de son nom,
Le fugitif doit comparaître.
— « Vous êtes sorti ! » dit le maître,
« Quand j'avais répondu : non ! non !! »

— « C'est cela ! » dit le froid espiègle.
« Une double négation
« Vaut juste une affirmation ;
« Et je me conforme à la règle !! »

XXXII

Chacun son tour

Près d'une ville minuscule
Frédéric II arrive un jour.
Au Roi pour faire un peu la cour,
Il est bien rare qu'on recule.

Et le Conseil municipal
Au complet, sur-le-champ, s'embarque :
Se faire par un tel monarque
Bien venir, c'est le principal.

Sous la grand' porte de la ville
On va donc attendre le Roi.
Aux hommes se joignent, ma foi,
Femmes, enfants, bien près d'un mille.

C'était superbe ! — Un orateur,
Choisi pour sa robuste langue,
Commence à lire une harangue
Dont tout le Conseil est l'auteur.

Aux premiers mots, une bourrique,
Attachée à vingt pas de là,
Gaiment se met à braire. — « Holà ! »
Dit le Roi, d'un air satirique.

« Holà ! Messieurs ! Mais qu'à son tour
« Chacun parle, pour que j'entende ! »
— *Moralité :* que l'on me pende,
A tel Roi si je fais la cour.

XXXIII

Un bilan

Dans les parages de la Bourse
On parle d'un spéculateur
Qui d'un joli *krach* est l'auteur
Et vers l'Egypte a pris sa course.

« On le conçoit : plus un *passif*
— Dit Israël — a d'importance,
« Et plus pour filer à distance
« Un vrai Boursier doit être *actif !* »

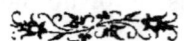

XXXIV

Cosaque et Gascon

Un commis-voyageur à table,
A Moscou, fait le bel esprit.
— « Chaque Russe, à ce qu'on m'écrit,
« Est un Cosaque véritable.

« Est-ce bien cela ? Je ne sais.
« Dites-le-moi, je vous en prie. »
— « C'est aussi vrai, je le parie,
« Que sont Gascons tous les Français ! »

XXXV

Chaud et froid

En classe chacun s'est rendu.
Monsieur le Professeur explique
Les éléments de la Physique.
L'auditoire est fort assidu.

Mais il ne suffit point d'entendre :
L'oreille est bien loin du cerveau.
Chaque élève, ancien ou nouveau,
Doit encore avoir su comprendre.

Le Maître interroge pourtant
L'enfant qui de son mieux s'applique :
— « Quel est, Monsieur, du calorique
« Le principe fort important ? »

— « Les corps par le chaud s'agrandissent.
« Un corps, par le froid morfondu,
« Se raccourcit. » — « Bien répondu ! » —
Et toutes les mains applaudissent.

— « Mais » poursuit l'interrogateur,
« Pouvez-vous m'en fournir la preuve ? »
— « Oui, Monsieur ; elle n'est pas neuve ! »
Riposte l'apprenti docteur.

« Lorsque l'Été fait sa tournée,
« Les jours sont grands dans nos cantons.
« En Hiver, quand nous grelottons,
« Plus courte alors est la journée. »

XXXVI

Bien vêtus

Un grand seigneur avait rendu
Un service à quelque pauvre homme.
Si minime que fût la somme,
Le bienfait n'était point perdu.

Et, quand vint la saison des prunes,
Comme il avait un vieux prunier,
Le paysan prit un panier
Qu'il emplit bien des moins communes.

Il voulait en faire un cadeau
Succulent pour plus d'un convive.
Quand dans l'antichambre il arrive,
Il pose à terre son fardeau.

Le grand seigneur avait du monde.
Croyant bien faire en attendant,
Le pauvre homme fait cependant
Ses plus beaux saluts à la ronde.

Deux singes, vêtus richement,
Répondent à sa révérence ;
Mais, sans la moindre déférence,
Au panier fouillent lestement.

Le paysan devient livide,
Quand se montre enfin le Baron :
De fruits à peine un quarteron
Reste au fond de son panier vide.

Du Baron baisant le pourpoint :
— « Ces prunes étaient bien rangées ;
« Messieurs vos fils les ont mangées ;
« Mais les chasser, je n'osais point ! »

XXXVII

L'alchimiste

Sur ses fourneaux, les nuits entières,
Courbé depuis trente ans au moins,
Kupfersec avait, sans témoins,
Chauffé, distillé des matières.

Faire avec du cuivre de l'or
Etait l'idéal du chimiste.
Ce laborieux optimiste
Pensait fabriquer un trésor.

Il habitait non loin de Rome.
Sûr de son fait, il s'y rendit :
L'or n'a jamais été maudit
Du Saint-Père, ni d'aucun homme.

Pour l'Alchimiste heureux destin !
Le voilà reçu par le Pape,
Qui sourit bien un peu sous cape,
Mais ne perd jamais son latin.

L'Alchimiste explique sa chose.
Le Pape écoute bravement
L'irrésistible boniment.
Kupfersec dévide sa prose.

Il pérore comme un docteur.
Quand il a fini, le Saint-Père,
Se rendant compte du mystère,
Consent à payer l'inventeur.

Un sac énorme, un sabre immense
Au chimiste sont présentés.
— « Tu les as plus que mérités,
« Docteur. Ils sont ta récompense. »

Dit le Saint-Père en bon chrétien.
Au paiement de sa découverte,
L'Alchimiste, la bouche ouverte,
A répondre ne trouve rien.

— « Eh bien ! » poursuit notre Saint-Père,
« Tu sais fabriquer un trésor.
« Commode pour serrer ton or
« Ce sac te sera, je l'espère !

« Tu sais aussi que les valeurs
« Courent des dangers en Calabre.
« Rien ne peut valoir ce grand sabre,
« Pour les défendre des voleurs ! ! »

XXXVIII

Un bon marché

Dans un magasin de Florence,
Chez un estimable horloger,
Se présente un noble étranger :
Le marchand fait la révérence.

Pour bien choisir, fort empêché,
Plus d'une heure le client reste.
Il fait enfin le choix modeste
D'une montre en or, bon marché :

Cent francs ! — Il en veut la facture.
On satisfait à son désir.
Puis, il examine à loisir
Les montres de la devanture.

— « Pour celle-ci je veux changer. »
— « Mais elle vaut juste le double ! »
— « Que mon nouveau choix ne vous trouble
« En rien ! » riposte l'étranger.

« J'ai versé d'abord à la caisse
« Cent francs. Pour mon second projet
« Je vous rends le premier objet ;
« Soit deux cents francs. Et je vous laisse

« Pour double vente double gain. »
— « C'est cela ! » fait l'autre tout aise.
Puis, en bon Florentin, il baise
De l'acheteur la blanche main.

XXXIX

Une Normande

Un vieux Normand, propriétaire,
Mourut, en laissant pour tout bien
Une femme, un cheval, un chien,
Un testament chez son notaire.

Du défunt la douce moitié
Recevait le prix du caniche ;
Un cousin médiocrement riche,
Celui du cheval, par pitié.

A Normand, Normande et demie,
Dit le proverbe avec raison.
Puis, la femme de la maison
Du cousin n'était point l'amie.

Du marché public le bourdon
Annonce la vente prochaine :
« Cinq cents francs, le chien et sa chaîne !
« Cinq, le cheval et son bridon !! »

La foule accourt comme à la fête
Pour la monture de cent sous.
— « Je la cède. La voulez-vous ?
« Mais prenez d'abord l'autre bête ! »

La ruse par son plein succès
Donna cinq cents francs à la belle.
L'autre héritier plaida contre elle :
La veuve gagna son procès.

XL

De l'eau

Un cocher tourne à l'hydropique ;
Son ventre devient un fardeau.
— « Votre abdomen se gonfle d'eau. »
— «.Mais non, Docteur, je ne m'explique...»

— « De l'eau, dis–je. Il n'est pas de mais
« Qui tienne ; le cas est visible. »
— « De l'eau ! De l'eau ! ·C'est impossible :
« Dans mon vin je n'en mets jamais. »

Puis, après une courte pause,
De fureur lâchant un hoquet :
— « Mon scélérat de *mastroquet*
« De mon infortune est la cause ! »

XLI

Une crocheteuse

Du bureau de poste sortant,
Un matin, le vieux domestique
D'un personnage politique
Egare un pli très important,

Contenant une forte somme
En divers billets au porteur.
Mais la femme d'un crocheteur
Avait aperçu le bonhomme.

Le vieux cherche tout effaré ;
La crocheteuse tend la lettre :
— « J'ai plaisir à vous la remettre. »
— « Ce pli sottement égaré

« Me vaudrait un cruel reproche.
« Merci de me l'avoir rendu ! »
Un passant, l'ayant entendu,
Du couple de vieillards s'approche :

— « Tout garder était bien tentant.
« Votre probité fait merveille. »
Et glissant cinq francs à la vieille :
— « Vous avez bien agi. Pourtant,

« On vous aurait donné, je pense,
« Si vous-même aviez reporté
« Cette valeur au député,
« Une plus forte récompense. »

— « Peut-être vous avez raison.
« Mais, pour l'avoir perdue en route,
« Le domestique aurait, sans doute,
« Été chassé de la maison ! »

XLII

Logique

C'était un jour de grande fête ;
Nos Lycéens avaient congé :
Plus d'un philosophe enragé
N'en fait ce jour-là qu'à sa tête.

L'un d'eux, fils d'humbles artisans,
Les avait rejoints à la ferme
Où, pour lui gagner chaque terme,
Ceux-ci bûchaient depuis dix ans.

La mère était à la cuisine.
Deux pigeons rôtissaient au feu :
Deux oiseaux pour trois, c'était peu.
Le Collégien faisait la mine.

Voulant montrer son bel esprit :
— « Combien, dit-il, vas-tu nous faire
« Cuire d'oiseaux ? » — « Juste la paire ! »
Répond-elle. L'autre sourit.

— « Maman, vois donc... rien de magique...
« Un pigeon, là, puis encore un :
« Deux ! Mais, d'après le sens commun,
« Deux et un font trois. C'est logique !

« Et juste est mon raisonnement. »
La mère demeure confuse.
— « De cette bonne leçon j'use ! »
Dit le papa tranquillement.

« Mère, allons ! Mettons-nous à table !
« Le premier pigeon est pour toi ;
« Le deuxième reste pour moi ;
« Le troisième est pour le comptable ! »

XLIII

Distraction

Un savant est parfois distrait :
L'œuvre dont il veut être père
L'absorbe. Du célèbre Ampère
Quelqu'un raconte ce beau trait :

Blotti dans son laboratoire,
Il oubliait boire et manger.
Défense de le déranger !
Sa mauvaise humeur est notoire.

La cuisinière à son fourneau,
Gémissante, plaignait son maître
Qu'elle aimait, sachant reconnaître
Le bon cœur du grand étourneau.

Du savant bravant la colère,
Sur le feu laissant le rôti,
D'entrer elle prend son parti :
« Il faudra bien qu'il me tolère ! »

Dit-elle. « Je ne bouge pas
« Que cet œuf, que je ferai cuire,
« Ne soit pris. Il peut lui suffire
« Pour attendre jusqu'au repas. »

— « Vite, sortez ! » s'écrie Ampère.
« Laissez-moi l'œuf. Sur mon réchaud
« Le bain de sable est assez chaud ;
« Votre œuf cuira bien, je l'espère.

« Ce travail pour moi n'est qu'un jeu. »
Mais, par un oubli lamentable,
Il dépose l'œuf sur la table
Et met son chronomètre au feu.

XLIV

Une déclaration

Cromwell dans son état-major
Avait des gens d'humbles familles.
La plus jeune de ses deux filles
Devait être naïve encor.

Déjà pourtant l'aimable dame
Avait senti battre son cœur,
Et d'un bel officier vainqueur
Avait encouragé la flamme.

A ses genoux le séducteur
Disait : « Puisque Amour nous assemble,
« O mon âme, fuyons ensemble
« La colère du Protecteur ! »

Cromwell survient. « Votre conduite
« Est infâme ! L'expliquez-vous ? »
— « Seigneur, de grâce, écoutez-nous ! »
Dit l'officier. « Jugez ensuite.

« J'aime d'un amour surhumain
« De votre gente demoiselle
« La chambrière. Elle est rebelle,
« Et, pour en obtenir la main,

« J'implore aux pieds de sa maîtresse
« Un appui ! » — « Soit ! Votre bonheur
« Aussi m'est cher. Sur mon honneur,
« A vous servir je m'intéresse.

« Que la servante vienne ici ! »
La chambrière est amenée.
— « Ne fais donc point tant l'étonnée !
« Pour époux l'homme que voici

« Te convient-il ? » — La chambrière
« Se tait. — « Je conçois l'embarras ! »
Dit Cromwell. « Mais n'attendons pas.
« Chapelain, fais-nous la prière. »

Chacun se met à deux genoux.
Le chapelain (scène émouvante !)
Les bénit. — « Oui ! » dit la servante.
— « Oui ! » dit l'autre, pris comme époux.

XLV

Balzac et Voiture

Pressé (le creux sonne en sa bourse)
Par un fournisseur ennemi,
Jusqu'à la maison d'un ami
L'illustre Balzac prend sa course

Son espoir sera-t-il déçu ?....
Il carillonne chez Voiture,
Lui remettant pour couverture
De quatre cents francs le reçu.

Voiture lui compte la somme,
Et, comme un vrai marchand-drapier,
De Balzac serrant le papier,
Reconduit poliment son homme.

Le jour suivant, le grand Balzac
Reçoit de son ami Voiture
Un pli fermé dont l'ouverture
Lui fait sentir un léger trac.

— « Quoi ? Mon papier ! Mon écriture !
« Voiture a-t-il perdu l'esprit ?
« Mais je vois quelque chose écrit
« Au-dessous de ma signature :

« En venant puiser dans mon sac,
« Il m'a fait un plaisir si rare,
« Que je redois, je le déclare,
« Huit cents francs au cher De Balzac. »

XLVI

Embrassez-la

Derrière une ânesse courait
Une petite villageoise.
Un jeune homme, à mine bourgeoise,
Au travers du chemin paraît.

— « Où courez-vous ma belle amie ? »
Demande l'aimable garçon.
— « Au village de Barbançon. »
— « Ah ! Tant mieux ! De Jean Guillemic

« Vous connaissez la parenté ? »
— « Oui, Monsieur. » — « Eh bien ! qu'à sa fille,
« Si vous voulez être gentille,
« Par vous un baiser soit porté ! »

Finaude malgré sa jeunesse :
— « Vous êtes pressé ! Par ma foi,
« Elle y sera plus tôt que moi :
« Embrassez vite mon ânesse ! »

XLVII

Il se sèche

Un pauvre diable de Lauveau,
Croyant sa peine terminée,
Deux fois dans la même journée
Va se précipiter à l'eau.

Deux fois se jetant à la nage,
Un brave homme de moissonneur,
Qui se trouvait là, par bonheur,
Le ramène sur le rivage.

Aussitôt le désespéré,
En cachette gagnant un saule,
Se pend. L'on court. Haussant l'épaule,
— « Bast ! » dit le sauveur rassuré.

« Mouillé, trempé comme une soupe,
« Deux fois je l'ai tiré de l'eau :
« Il se fait sécher au cordeau ;
« Dieu garde que je le lui coupe ! »

XLVIII

Çà se réchauffe

Le ventru Galauffe est admis
A dîner aux bords de la Saône.
D'une matelotte, qu'il prône,
L'hôte régale ses amis.

A son goût la trouve Galauffe ;
Trois fois il revient au bon plat.
Mais l'amphytrion, sans éclat :
— « Tu sais, mon vieux, çà se réchauffe ! »

XLIX

Aspiration

Les Sapeurs-Pompiers de Nanterre,
Sous la voûte du firmament,
Banquettent fraternellement :
Habits, sabres, haches par terre.

Ayant assez du petit bleu,
Perraud se lève et sous la table
Cherche l'instrument formidable.
— « *Ous' qu'est donc mon n'ache, morbleu ?* »

— « Perraud ! » grogne un vieux à moustache,
« L'H est aspirée ! » — « Ah ! Malheur ! »
Hurle notre barbu sapeur,
« *Qui donc vient d'aspirer mon n'ache ?* »

L

Les deux Marcheurs

Un marchand (là sont les témoins),
Qui fait en sabots sa tournée,
De kilomètres par journée
Arpente bien quarante au moins.

C'est un vieux brave, infatigable,
Et qui ne manque pas d'esprit.
Il sait trouver, quand il écrit,
Le bon mot, d'une humeur aimable.

Un jour qu'il suivait un sentier
Couvert d'aubépines fleuries,
En poétiques rêveries
Son esprit s'envole en entier.....

Dans un monde beaucoup moins sombre
Notre homme en sabots voyageait ;
Et de Livingstone il songeait
Qu'il venait de rencontrer l'ombre.

« Plus que toi j'ai fait de chemin ! »
Dit l'ombre. — La chose est bien sûre ;
« Mais point vous n'aviez pour chaussure
« Mes sabots ! » répond le malin.

LI

Serment tenu

Seule !... Quelle existence amère !....
Avec l'un de nos paysans
D'être veuve depuis quinze ans
Se consolait une commère.

On avait, mais sans nul succès,
A légaliser le ménage
Vingt fois cherché dans le village...
De gagner un pareil procès

Le bon curé seul est capable :
Elle est au lit ; quel déshonneur
De mourir ainsi ! Par bonheur,
Dieu peut excuser un coupable,

Quand du vice il fait l'abandon
Et que la faute est réparée.
A cette brebis égarée
L'abbé propose le pardon :

« La femme doit s'unir à l'homme
« Sans attendre au dernier moment.
« C'est l'affaire d'un sacrement
« Qui n'est pas douloureux, en somme.

« Alors Dieu bénit la maison.
« Puis, c'est la coutume courante. »
— « Me marier ! » dit la mourante.
« Ah ! Combien vous avez raison !

« Je ne demande qu'à vous plaire.
« Par malheur, Monsieur le Curé,
« Je ne puis, car je l'ai juré,
« Sur ce point-là vous satisfaire :

« Au défunt que j'ai tant chéri
« J'ai promis, malgré mon envie,
« Hélas ! que jamais de la vie
« Je ne prendrais d'autre mari. »

LII

Encouragement

La prose convient au vulgaire,
La poésie au bel esprit :
Waldès par quelque manuscrit
Veut sortir du monde ordinaire.

Ayant passé chez l'imprimeur,
Tout bouillant, l'apprenti-poète
Au papa, le jour de sa fête,
Du volume offre la primeur.

Mince volume, une brochure :
Le poids n'est rien, les vers sont beaux,
De peur qu'il n'arrive en lambeaux,
On le double d'une gravure.

L'image coûte au moins six sous.
Mais son robuste cartonnage
Protège par son voisinage
La minceur du livre si doux.

Le paquet dûment à la poste
Est recommandé. Quel éclat !
« Le colis est en bon état. »
Dit le papa dans sa riposte.

« Pour nous épargner tout souci,
« Ecris-nous, sans nous faire attendre.
« Maman t'envoie un baiser tendre.
« La *gravure* nous plaît, merci ! »

LIII
Suivez l'ordonnance

« Mon ami, je vous trouve mieux :
« Le pouls est calme et l'œil moins terne. »
« Dit le docteur d'un air paterne.
— « Oui, je vais moins mal, grâce aux Dieux ! »

— « C'est bien grâce à mon ordonnance
« Que vous avez suivie ! » — « Oh ! non ! »
— « Comment? Vous êtes fou ! — « Pardon,
« J'ai ma parfaite connaissance.

« Docteur, si je l'avais suivie,
« L'ordonnance écrite par vous,
« Vous n'enverriez plus chez les fous
« Qu'un corps brisé, moulu, sans vie :

« D'un coup de son époussetoir,
« La bonne a fait par la fenètre
« Passer la feuille qui, peut-être,
« S'étale en bas sur le trottoir ! »

LIV

Point d'exclamation !

Le vieux Marseillais Barbaleau
Est bien sûr que la terre est ronde :
Il a d'un triple tour du monde
Intacte rapporté sa peau.

Comme second d'un beau navire
Ayant couru de nombreux jours,
Passer capitaine au long cours
Est le but auquel il aspire.

Dans les périls, sans marchander
Son existence, il fait merveille.
Il est connu de tout Marseille
Pour digne enfin de commander.

Savoir du métier les pratiques,
Sans doute, est le point important ;
Mais il faut connaître pourtant
Quelque peu de mathématiques.

A l'œuvre se met Barbaleau,
Sans craindre de lui que l'on rie.
Pour l'examen de théorie
D'affaire, il se tire au tableau.

Puis, vient l'examen de pratique....
Sans pouvoir en être excusé,
Voilà Barbaleau refusé :
Ce résultat, nul ne l'explique.

Mais chez un ami du marin,
Un jour qu'on fêtait un baptème
Et que la soif était extrème,
Barbaleau noyait son chagrin.

« Il voulait en faire à sa tête ! »
Dit–il. « Il ne s'y connaît pas,
« L'Examinateur ! Et, là–bas,
« J'ai lâché le mot : vieille bête ! »

Voulez-vous la moralité
De cette histoire véritable ?
Pour le juge soyez aimable,
Ou gare à sa sévérité !

LV

Poésie et Boudin

Noël au pays d'Allemagne
Se fête autour d'un arbre vert.
On préfère un nombreux couvert
En Bourgogne et même en Champagne.

Pour un rêveur, comme il est bon,
Le souper, ce soir, en famille !
Sur le feu le boudin grésille,
A côté du nouveau jambon.

Quels cris poussait la pauvre bête,
Hier saignée à la maison !
En attendant la salaison,
Au cochon frais Noël se fête.

De son plus joyeux carillon
Le vieux clocher nous favorise,
Et plus d'un imprudent se grise
Au lourd fumet du réveillon.

Pénétré de reconnaissance
Pour les mets plantureux qu'on sert,
Raphaël entonne, au dessert,
De sa fabrique une romance.

Et, pour montrer tout son esprit,
Le jeune homme à sa belle hôtesse
Présente avec délicatesse
De son œuvre le manuscrit.

L'hôtesse en mère de famille
Calcule. Aussi, le lendemain,
Un graisseux colis à la main,
Chez Raphaël sonne la fille.

Il court. Elle, d'un air badin,
Quand il entrebaille sa porte,
Tendant le colis qu'elle apporte,
Dit : « C'est votre part de boudin ! »

Ce boudin, que la fille laisse,
Est soigneusement entouré
D'un double papier déchiré,
Froissé, taché, couvert de graisse.....

En revoyant son manuscrit
Chez lui revenu de la sorte :
« Que le diable » dit-il « emporte
« Le boudin, les vers et l'esprit ! »

Gloire naissante

Raphaël visitait un jour
L'atelier d'un paysagiste.
Il rêvait d'être journaliste
Et même célèbre à son tour.

Le peintre disait une histoire
Fort drôle, avec beaucoup d'esprit.
Vite, en la couchant par écrit,
Raphaël entrevoit la gloire.

En cachette le jeune auteur
Elégamment taille sa plume ;
Et, plus fier que d'un gros volume,
Pense enrichir un éditeur.

« Un éditeur, fi ! c'est avare.
« *Le Carillon de Saint-Gervais*
« Est hospitalier. Je m'en vais
« L'honorer d'une œuvre si rare. »

Ainsi dit notre débutant.
Sans mettre en doute qu'on l'accueille,
Au journal il porte sa feuille :
C'est pour lui comme argent comptant.

Un soir, ô bonheur, ô délire !
Raphaël se voit imprimé !
Dans *Le Carillon* bien-aimé
De ses deux yeux il se peut lire !!

Pour en jouir plus gentiment
Cherchant un petit coin tranquille,
Au café de l'Hôtel-de-Ville
Il va guetter un compliment.

Cruelle attente ! Minuit sonne :
Les clients s'endorment debout,
Le Carillon traîne partout,
Sans paraître vu de personne.

Mais au dernier moment, voilà
Un lecteur..... Enfin..... Quelle fête ! !
« Vraiment ! » dit-il « il est bien bête,
« L'auteur de cet article-là ! »

Filant sans demander son reste,
Raphaël cache son émoi.....
Il est aujourd'hui plus modeste :
Raphaël, mes amis, c'est moi !

ARTHUR DUBOIS.

Beaune. — Imp. Arthur Batault

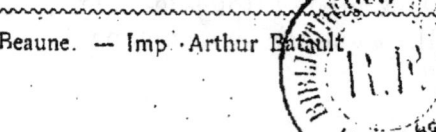

www.ingramcontent.com/pod-product-compliance
Lightning Source LLC
Chambersburg PA
CBHW061659180626
46818CB00003B/1171